LE TRIBUT
DU CŒUR,
ou
LES FETES CITOYENNES;
COMEDIE-BALLET

En un acte, en vers Provençaux & Français; mêlée de vaudevilles & de musique.

Par Messieurs ***., *VALLIER & BRULOT.*

Les morceaux de musique non connus sont de M. DAVID.

Celui qui se fait gloire d'être le défenseur de la Patrie, ne sauroit trop s'approcher de ceux qui la gouvernent. (*Scene VI.*)

A AVIGNON.

Chez les freres BONNET, imprimeurs, libraires; vis-à-vis le puits des Bœufs.

M. DCC. XC.

A

MONSIEUR D'ARMAND.

Citoyen de La ville d'Avignon, & Colonel
de la Garde Bourgeoise. &c.

MONSIEUR,

L'accueil favorable que le public a daigné faire à
cette foible production, me prouve qu'il ne faut que
penser en Patriote, pour lui plaire. J'osois sans votre
permission, citer votre nom sur la scene, les *Bravo*
& les *Bis* réitérés, lorsqu'on le prononça, l'Allegresse qui se repandit dans toute la salle, l'Enthou-
siasme du peuple, ne tarderent pas à me convaincre
que je n'étois que l'écho de la voix publique ; C'est
à cette heureuse pensée que je dois le succès de cet
ouvrage : vous seul l'avez fait naître ; vous seul en
méritez l'hommage : daignez l'accepter comme un
gage de la vénération que j'ai pour tout bon citoyen ; agréez aussi le respect & la soumission avec
lesquels j'ai l'honneur d'être

MONSIEUR

Votre très-humble & très-
obéissant serviteur.

VALLIER.

A 2

ACTEURS.

MESSIEURS

PATRON PARTEGO,	Garcin.
LIGNOOU.	Revel.
LA VALEUR SOLDAT AUX GARDES.	Clarinval
CRÉPANT GARÇON PERRUQUIER.	De Romain.
UN SOLDAT DE LA GARNISON.	Vallier.
UN CHEVALIER DE St. LOUIS.	Vericourt.
UN MAGISTRAT.	
UN ABBÉ.	David.
UN BOHÉMIEN.	Molina.
UN PAYSAN.	Guillaume.

MESDAMES

UNE DEMOISELLE.	Revelle.
UNE BOURGEOISE.	Aubri.
JANETO.	Donjon.
LA SIEI PIERO.	Nina.
DIVINITÉ ALLÉGORIQUE REPRESENTANT LA VILLE.	Joffe.
TROUPE DE LUTTEURS.	
TROUPE DE BOHÉMIENS.	

La Scene se passe dans une place publique.

LE TRIBUT

DU CŒUR.

Au lever de la toile on voit plusieurs piramides en illuminations ; des deux côtés du théâtre sont des gradins destinés à recevoir le peuple ; dans le fond, quatres fauteuils pour les magistras ; sur le devant de la scene une renommée portant pour devise ; VIVE LE SOUVERAIN.

SCENE PREMIERE.

PATROU PARTEGO, JANETO.

A i r : *dans un détour.*

O I cadebleou
Qu'és tout isso què vesa yeou
Sieou ti mor ou vieou
La plaço es doun un palaï .... aï
(*appercevant Janete au fond du théâtre.*)
Fumo d'avau diga mè lestleanço
D'aquel attrincage fougous.
Ya caucou rèn su jo , ya caucou maniganço , . . ;
E m'es d'avl què tou coquè s'en)anço
Anounço caucou rèn d'hurous.
Diga me doun car ya que n'autrel doum
Per m'ajuda din ma doutanço.

(*Janete s'avançant fur le devant du théâtre.*)

A i r : *pouvez-vous à tant de charmes.*

Tou me dèou que me demande
N'en fave pa mai que tu
E fe caucun te coumando
De dire ce qu'as fachu,
Tau me dèou que me demando
D'ras ce qu'af refpoundc.

PATROUN PARTEGO (*repete la finale du même air.*)

E fe caucun me coumando
De dire ce qu'af fuchu,
Tau me doù qud me demando
Diral ce qu'as refpourdu.
Lou boudin negre és pa purclpr,
Que lou firb de ta bouqueto
Se l'ou vendiès belo Janeto,
L'ou quintau te rendriè pa'n yar.

LE MÊME (*regardant dans la coulifse.*)

A i r : *du haut en bas.*

Veici Lignoou
Emé la coumaire Siél Piéro,
Veici Lignoou,
Rafa de frès coum'un piroou,
Et letru coum'un ban de fiéro
A nen faupre la caufo entiero,
Veici Lignoou.

───────────────

S C E N E I I.

Les Acteurs précédens, LIGNOOU, LA SIEI PIERO.

LIGNOOU.

A i r : *puifque la bataille.*

Bon jour ma vefino
Adieou Riberiè,
L'ou pléfi s'amatino,
Din nofte cartiè.
PARTEGO & *Janete enfemble.*
Que y a qué fè préparo.
LIGNOOU.
Tené vous aqui dré
Ana veire tout aro,
Un bèou Jafaré.
JANETO.
Anen Siél Piéro avén proun manja faro,
Efplico nous aquelei belei caro.

COMEDIE-BALLET.

LA SIEI PIERO.

A i r : *Lisette est faite pour Colin.*

Lou cor dou pople es un trésor
    Fourma per la naturo ,
Lou trésor dou pople es soun cor.
JANETO.
La causo es ben seguro ,
E bèn lou pople d'Avignoun !
Que n'a ni fëou ni bilo.
LIGNOOU.
Vàn rendre houmaje ou batayoun ,
De nosto bono vilo.
PATROUN PARTEGO.
Vaqui parla : save doun de que viro ,
Teco Lignoou ; sès lou pu brave siro
Que se vegue din tel souyé ,
E per davàn è per darniè
Sèntes outàn bon que la siro ,
Que ser de poumado ou mestiè.
LIGNOOU.
Mousu Partego estrasso la trepoulnto :...
Ta ramo es plato & vos faire de poulnto ,
Paure badau. Tau crèi de barula
Què sè barulo aforço de parla.
LA SIEI PIERO, *à Janeto.*
Regardo lei coumo soun russe.
JANETO.
E cau si truffo que si truffe.
PATROUN PARTEGO.
N'aguès pa pou , ya ren d'enverina
E sian pa fu per nous en penchina.

SCENE III.

*LES ACTEURS PRÉCÉDENS , on entend le tambour
dans la coulisse.*

LIGNOOU.

A i r : *buvons ensemble.*

AMi la festo
La festo d'aquès jour ,
    Es dnja lesto
Car acouse lou tambour.
TOUS ENSEMBLE.
Fasèn la festo
La festo d'aquès jour.

LE TRIBUT DU CŒUR.
LA SIEI PIERO.
(Air : de *Malbroug.*)

De san Lazare à loulo
Dansaren, saren la farandoulo
 È per tou y 'oura fouloj
 Per veire lei guerrié
 Veseici lei premié.
LIGNOOU.
Tenen nous de darnié.
TOUS ENSEMBLE.
(on fait lafarandoule en chantant.)
De san Lazare à Loulo
Dansaren &c.

(On entend dans le lointain le tambour batire , la garde s'avence , après plusieurs évolutions on donne l'ordre & l'on place deux sentinelles.)

SCENE IV.
LA VALEUR.

Quel plaisir de revoir sa Patrie après quinze ans d'absence & de la retrouver digne enfin de partager la gloire des valeureux Français. O douce liberté , le desir de te posséder fit couler le sang des Parisiens , ici tu regnes par la sagesse du prince cheri qui nous Gouverne & par les soins infatiguables des braves citoyens qui Composent notre Milice.

Air : du *Vaudeville de Tom jones.*

Pour se garder avec plus d'assurance ,
 Chaque bourgeois devient soldat ,
Le Magistrat guidé par la prudence
 Nous rend le calme dans l'état.
La liberté va fixer son asile ,
 Parmi le prince & ses sujets ;
Et le bonheur de notre ville
 N'existe que par ses bienfaits.

SCENE V.
LA VALEUR, CREPANT.

CREPANT, *dans la coulisse*

Le diable m'emporte si je reviens, je veux voir la fête ; je suis décidé à mettre toutes les pratiques dans le sac à poudre.   *(Appercevant la Valeur.)*
 Eh ! sandis je ne me trompe pas . . . . . C'est vous, mon cher.   LA VALEUR.

LA VALEUR.

Eh ! oui c'est moi.

CRÉPANT.

Bon, ne me reconnoissés pas.

LA VALEUR.

Il ne me souvient pas de vous avoir jamais vû.

CRÉPANT.

Comment vous ne remettes pas ce garçon perruquier que vous prestâtes si fort au siége de la Bastille !

LA VALEUR.

Ah ! C'est vrai, à qui je donnai même quelques coups de bourades.

CRÉPANT.

De vourades !......

LA VALEUR.

Eh ! oui pour vous faire revenir, ne vous trouvâtes-vous pas mal au premier coup de Canon que l'on tira !

CRÉPANT.

Heureusement, Monsieur.

LA VALEUR.

Heureusement, dites-vous !

CRÉPANT.

Eh ! oui, sans doute heureusement, Ce n'étoit qu'un excés de courage qui me suffoquoit.

AIR : (*si je n'ai pas beaucoup d'argent.*)

Si ce mal ne m'eut point surpris
Je remportois le prix.....   (*bis.*)
Je brulois tout,...... mais par bonheur
Mon cœur faillî.....

LA VALEUR.

De peur.

CRÉPANT.

De peur !

LA VALEUR.

Sans doute de peur. Sitôt que vous reprites vos sens ne vous mites vous pas à fuir !

CRÉPANT.

Capedé biou ! j'avois mes raisons pour cela......

LA VALEUR.

Quelles raisons !...

CRÉPANT.

Les voici : à la vue de ce carnage, mon cœur s'enflamma d'une vive ardeur, j'eus la générosité de laisser faire aux Parisiens, tout ce que j'aurois pu faire à moi seul, & preferai d'aller cueillir des lauriers dans mon pays, à la noble ambition de jouir seul de la gloire qui doit immortaliser les citoyens de la capitale.

LA VALEUR.

C'est très-généreux à vous.

CRÉPANT.

Sans doute , & puis...

A I R : *de tout les capucins du monde.*

Ici l'on fait le diable à quatre
Me dis-je à moi... mais pour fe battre
Il faut avoir quelques raifons.
Pour prendre la caufe commune
Dans mon pays j'ai vingt maifons
Dans Paris je n'en ai pas une.

LA VALEUR.

A votre accent , l'on comprend aifément que vous êtes
Gafcon.

CRÉPANT.

Monfieur , je fuis des environs de Vordeaux, or je par-
tis , & du même trait , je fus droit à mon pays, dans l'in-
tention de lever une legion à mes fraix & de m'en faire
nommer le commandant.

LA VALEUR.

Permettez : pour lever une legion à fes fraix , il faut
être riche !

CRÉPANT.

Eh! fandis, je ne le fuis que trop; la moitié du
pays m'appartient.

LA VALEUR.

Cependant votre état n'annonce pas....

CRÉPANT.

N'annonce pas... Mais je ne fais ce metier que par
delaffement & mon feul plaifir à moi, c'eft de rafer ,
peigner & retapper... J'ai eu toujours un goût paffionné
pour la perruque.

LA VALEUR.

Enfin vous voilà commandant d'une legion...

CRÉPANT.

Non , Monfieur , pas encore; la fortune jaloufe
s'oppofa à mes projets, en arrivant chez moi, je trou-
vai tout dans la plus grande tranquillité, & mes con-
citoyens qui gardoient la ville , ont voulu me donner
un pofte honorable, mais ne trouvant pas de quoi
faire éclater ma valeur, je tournai mes pas vers ce
pays.

LA VALEUR.

Où vous trouvâtes à vous fignaler ?

CRÉPANT.

Pas plus que chez moi... d'abord en arrivant je demande, je m'informe... On me dit que le gouverneur
eft le pere du peuple & que tous les citoyens font freres... Comment diable voulez-vous que l'on fe batte
dans un pays, où tout le monde eft ami !

LA VALEUR (*en riant.*)

AIR : *c'est ce qui me console.*

Ici tu n'auras pas l'honneur
De faire éclater ta valeur.

CREPANT.

C'est ce qui me désole...   (*bis.*)
Pour calmer mes fougueux desirs
Je vais partager vos plaisirs
C'est ce qui me console...   (*bis.*)

SCENE VI.

LA VALEUR, CREPANT, un Soldat de la milice,
un Paysan.

LE PAYSAN.

Vené down, vené leau velci s'elci que venoun.

LA VALEUR (*à Crepant.*)

Plaçons-nous fur ces gradins.

CREPANT.

Eh tandis mettons-nous fur ces fauteuils. (*Il vont
pour s'affeoir.*)

LE SOLDAT.

Tout beau, camarade, vous ne pouvez occuper ces
places.

LA VALEUR.

Et pourquoi pas ?

LE SOLDAT.

Elles font deftinées pour nos braves magistrats, ainfi,
retirez-vous.

CREPANT.

Que je me retire !

LA VALEUR.

Il a raifon, il faut faire place; mettons-nous derriere.

LE SOLDAT (*rudement.*)

Sortez tout à fait de l'enceinte

LA VALEUR.

Sortir ! apprenez, camarade, que vous ne devez
chaffer d'ici que les ennemis de l'état, & que ceux
qui fe font gloire d'en être les défenfeurs, ne fauroient
trop s'approcher de ceux qui le gouvernent.

AIR : *vive le vin, vive l'amour.*

Entre le prince & fes fujets,
L'amour, l'union deformais
Ne fouffriront plus de diftance;
Le fouverain par fa clémence,

B

Du peuple deviendra l'ami;
Et de son trône raffermi
Eclatera la bienfaisance.

LE PAYSAN.

A, el ben dit.

LE SOLDAT.

Vous avez raison, mais j'ai l'ordre.

SCENE VII.

UN MAGISTRAT, UN OFFICIER, UN ABBÉ & les Précédents.

L'OFFICIER.

DE rebuter les citoyens!

LE SOLDAT.

Pardon, mon officier, je ne savois pas.

L'OFFICIER.

Retirez-vous, & vous, mon camarade, daignez oublier cette offense.

L'ABBÉ.

Restez avec nous.

LE MAGISTRAT (au chevalier.)

Vous aimez les soldats, M. le Chevalier!

LE CHEVALIER.

Autant que vous aimez l'artisan & le laboureur

L'ABBÉ.

Eh! comment ne pas les aimer, l'un nous garde dans nos foyers.

LE MAGISTRAT.

L'autre fertilise nos biens par ses travaux,

LE CHEVALIER.

Et donne des deffenseurs à l'état

ARIETTE.

J'aimai toujours le militaire
Vingt fois j'ai vu dans une affaire
Le simple & le valeureux soldat
Au fort du plus sanglant combat
Nous ouvrir le champ de la gloire;
Et nous conduire à la victoire,
Au milieu de tous nos guerriers;
Mourir ou cueillir des lauriers.

CREPANT.

Il ne ne s'agit pas d'être militaire pour penser ainsi
& je suis persuadé qu'il n'est pas un seul citoyen qui
ne verse son sang jusqu'à la derniere goute, pour soutenir son prince & sa patrie.

Bravo, notre ami,

TRIO *de l'Amant Statue.*

LE CHEVALIER.

Le Militaire
Du peuple eft le vrai foutien
Il faut le voir dans une affaire,
C'eft au feu (*bis.*) que l'on connoît bien
Le Militaire.

L'ABBÉ,

Que j'aime à voir au village
Le pailible laboureur,
Jouir après fon ouvrage
Des doux fruits de fon labeur,
Senfible & fage.
Chez lui regne la candeur,
Il trouve le vrai bonheur,
Dans fon ménage.

LE MAGISTRAT.

L'artifan dans fon azile
Soutient la pompe des grands
Les richeffes d'une ville
Exiftent par fes talens,
Simple & tranquille,
Courageux dans tous les tems;
Il eft de nos habitans
Le plus utile.

SCENE VIII.

Les Acteurs Précédans, UN CADRILLE AVIGNONAIS,
danfant la farandoule.

LIGNOOU, *après la danfe.*

AIR : *aï, aï, aï Janette, Janette aï, aï aï.*

Nofto ville d'Avignoua,
Qu'es tan belo é tan ancieno,
A fourma foun batayoun,
De milico e toyeno,
Per garda
Per garda lou pople d'eftre couffiga. (*bis.*)
Lei cin dó d'a quelo man
foun pas d'une même aluro;
Noble, bourgés, capelau
E lei gen de la faturo
Se youyen,

Se voyen s'entendre, segur s'amayen. (bis.)
　Quand noftei de foun ben rejoun,
　Sian pu fort de la pougnade,
　Un pays qu'es d'in l'unioun
　Es autan fort qu'une armado,
　　　M'entendé,
M'entendé coumpairo, & me coumprené. (bis.)
　Quand la balanço à la man
　Lou juge ren la juftiço,
　Quan lou prince el lou cadran
　Dei reglamen de pouliço.
　　　Tou vai ben,
Tou vai ben, lou pople es toujou counten. (bis.)
　Vautrei citoyen fouder
　Qué deffendé la patrio,
　Davené leis avouca
　Dei cadé de la famyo,
　　　Lei veici,
Lei veici pecaire prefte à la fervi. (bis.)

───────────────

SCENE IX.

On entend dans le lointain l'air en harmonie, ou
peut-on être mieux qu'au fein de fa famille ; il arrive
un détachement de la Garde Bourgeoife, un officier
portant un guidon fur lequel eft écrit, VIVE LE
GOUVERNEUR. Ce détachement eft fuivi d'une divinité allégorique repréfentant la ville d'Avignon,
trainée fur un char de triomphe, par quatre efcla-
ves, dont les fers font brifés, à la fuite du char
un autre guidon portant pour divife : UNION ET
FIDELITÉ, la marche eft fermée par quatre Ma-
giftrats en robe, & un corps de troupe derriere.
(Après la marche.)

LE MAGISTRAT.

AIR : *Auffitôt que la lumiere vient redorer nos*
côteaux.

REgarde, ô chere patrie
Les citoyens réunis,
Par eux tu fera fervie
Pour toi nous ferons amis ;
Place dans ton fanctuaire,
Le merite & les talents,
L'honnête homme qui t'éclaire
Doit s'affeoir aux premiers rangs.

L'ABBÉ.

SECOND COUPLET.

C'eft l'amour de la patrie,

Qui créa le premier roi,
Et le pouvoir qui nous lie
C'est le pouvoir de la loi ;
Roi, patrie & vous loi fainte
Regnez ici tour-à-tour ,
Et foyez dans cette enceinte
Les liens de notre amour.

LA VALEUR.

TROISIEME COUPLET.

L'ame noble & généreufe
Qu'anime un ardent defir,
A te voir tranquille heureufe,
Fait confifter fon plaifir :
Les lieux où l'on prit naiffance ,
Sont le berceau de l'honneur ,
Et les jeux de notre enfance
Nous rappellent le bonheur.

LE CHEVALIER.

QUATRIEME COUPLET.

Divinité protectrice
De nos paifibles foyers,
A ta voix que tout s'uniffe
Sous nos étendarts guerriers ;
Jurons tous à la patrie ,
Au nom de l'être divin,
De confacrer notre vie
Pour affurer fon deftin.

LE PEUPLE.

Nous le jurons..

CHŒUR.

Fidele à fon ferment tout brave citoyen
Doit fe joindre à notre milice ,
Au moindre trouble entre en lice
Et de la liberté devenir le foutien.

SCENE X.

UN CADRILLE DE LUTHEURS,
conduits par quatre gardes de l'arquebufe...

LE MAGISTRAT (après.)

CEft des mains de la candeur & de l'innocence que
les vainqueurs doivent être couronnés.
(*Il préfente une couronne à une jeune demoifelle.*)

JANETO.

E l'amitié, mouffu, la counta doun per ren ,
Senfo amitié qu'au voudrié de prefen !

LA BOURGEOISE.

Souffrez que celle de l'union s'y joigne.

*Les trois femmes font grouppe, & couronnent le
vainqueur.*

*Pendant la pantomime du couronnement, l'Abbé fur
la gauche de la scène, place entre lui & le chevalier un payfan : fur la droite, un artifant entre le Magiftrat & la valeur.*

L'ABBÉ.

Air : *Je le compare avec Louis.*

Que ce coup d'œil eft raviffant !...
Il me tranfporte & dans mon ame
Je fens naître une vive flamme,
Un charme, un doux frémiffement
Lorfque l'amitié nous raffemble...   (bis.)
Qu'il eft doux, (bis.) de s'unir enfemble.

LE MAGISTRAT.

Organe de la vérité,
Du haut de ta grandeur fuprême,
Daigne fur un peuple qui t'aime
Jetter un regard de bonté
Fais que ce jour qui nous raffemble (bis.)
A jamais, (bis) nous uniffe enfemble.

LA JEUNE DEMOISELLE.

Ce que j'éprouve en cet inftant
Malgré moi fait couler mes larmes.

LA BOURGEOISE.

Pour moi ces pleurs ont mille charmes

JANETO.

E n'en fentet pacaïre aoutant,

LA JEUNE DEMOISELLE.

Le même intérêt nous raffemble.

LA BOURGEOISE.

Nos larmes coulent, mais il femble
Qu'c'eft bien doux, (bis.) d'en repandre enfemble.

LE SOLDAT.

Jarni tout ce que je vois m'infpire & m'enflamme (*au
chevalier.*) Permettez-moi, Mr. le chevalier de réparer
mes torts envers ce militaire (*montrant la Valeur.*) &
qu'une ronde en l'honneur de notre gouverneur lui prouve
que je ne fuis pas moins bon citoyen que brave foldat.

LE CHEVALIER.

Volontiers.

LE SOLDAT.

Air : *il m'en fouviendra du curé de Pompont.*

Amis chantons le gouverneur
Que partout on renomme.   } bis

Dam' c'eft-là c'eft l'ami du cœur

Et d'Paris jusqu'à Rome ,

Ah s'il s'en peut trouver de meilleur ⎱ *bis*
Je veux bien qu'on m'assomme. ⎰

SECOND COUPLET.

Le cœur sensible & vertueux, ⎱ *bis*
On voit ce galant homme ⎰

Rendre justice aux malheureux

Sans tenir à la forme

Ah! s'il en est de plus généreux ; ⎱ *bis*
Je veux bien qu'on m'assomme. ⎰

TROISIEME COUPLET.

Adoré de tout le comtat , ⎱ *bis*
Il n'est pas un seul homme , ⎰

A qui de joie le cœur ne bat.

Aussi tôt qu'on le nomme ;

Ah ! s'il en est d' meilleur que s'tlà ⎱ *bis*
Je l'irai dire à Rome. ⎰

LA VALEUR.

Bravo mon camarade embrassez-moi.

LE CHEVALIER.

C'est très-bien.

CREPANT.

Sandis , je n'aurois pas mieux fait.

LIGNOOU.

Y a pas de què faire tan l'estouna
Tout ce qu'a dit se trovo à qui grava
Legissa-yé.

JANETO.

Avé resoun coumpaire
Noste cor paou pa nou troumpa
Lei bon mouceau soun toujou releva
E ce que plai n'alaissò gaire.

SCENE XI.

UN CADRILLE DE BOHÉMIENS *dansant & disant*
la bonne aventure , *tous les acteurs en général.*

LIGNOOU (*après la danse.*)

E Ben messieus lei barulaire
A planta vous per vous poussa
Faid ti jamai que dansa
A co's tou ce que savè faire.

LE BOHÉMIEN.

Nous nous occupons de choses plus sérieuses.

C

LIGNOOU.

Oh! oh! & qué faré de maï

LE BOHEMIEN.

Nous lisons dans les astres.

LIGNOOU.

Eme de béricle pa veraï... E que y an escri à mousdau.

LE BOHEMIEN.

Le destin des souverains, des Royaumes, des peuples,
des villes.

LIGNOOU.

Anen pas en posto moussu lou letru, crése que me
vendé de noi... m'avé pa di que tou ce que devié
arriba ero escri à mounda din leis astres.... & qué
ye legissa autan ben que yeou su leis ensagne.

LE BOHEMIEN.

Assurément.....

LIGNOOU.

Aco mi carcagno ... basto... eh ben perqué aco es ansin,
douna me doun la bono fourtuno d'Avignoun.

LE BOHEMIEN.

Volontiers.....

(*Il fait quelques tours avec sa baguette & chante les
couplets suivans.*)

PREMIER COUPLET.

AIR : *la bonne aventure au gué.*

Ciel que vois-je, ah ! quel bonheur !
L'agréable augure
Ceci n'est point une erreur
Je vois, je vous jure
Qu'ici pour le bien commun
Les trois ordres n'en font qu'un.

LE PEUPLE.

La bonne aventure au gué,
La bonne aventure.

UNE BOHÉMIENNE.

SECOND COUPLET.

Je vois ce sexe charmant
N'avoir pour parure
Qu'un modeste ajustement
Et de sa figure
Bannir ce rouge emprunté
Si nuisible à la beauté.

LE PEUPLE.

La bonne aventure au gué,
La bonne aventure.

LE BOHEMIEN.

TROISIEME COUPLET.

J'apperçois dans vos barreaux

La magistrature,
Cherchant à bannir les maux
Que le peuple endure,
Les riches compatissants,
Les pauvres reconnoissants.

LE PEUPLE.

La bonne aventure au gué,
La bonne aventure.

LA BOHEMIENNE.

QUATRIEME COUPLET.

Vous verrez le procureur,
Bientôt je vous jure
Traiter le pauvre plaideur
Avec moins d'usure,
Ne plus tourmenter en vain
La veuve ni l'orphelin.

LE PEUPLE.

La bonne aventure au gué,
La bonne aventure.

LE BOHEMIEN.

CINQUIENE COUPLET.

Je vois travailler gayement
A l'agriculture.
Chaque commerçant reprend
Sa manufacture.
J'entends l'honnête artisan,
Avec transport s'écriant !

LE PEUPLE.

La bonne aventure au gué,
La bonne aventure.

CREPANT.

Vous autres avec vos prognostiques, vous croyez
tout savoir & vous ne savez rien.

LE BOHEMIEN.

Nous ne savons rien !

CREPANT.

Eh, non sandis, vous ne savez rien, puisque vous
n'êtes pas instruits de ce que je vais vous dire écou-
tez-moi.

Même AIR.

Les citoyens d'Avignon
Viennent de conclure
De nommer au bataillon,
Sans aucun murmure
Pour colonel commandant,
L'honnête & brave d'Arman.

LE PEUPLE.

La bonne aventure au gué,

La bonne aventure.

(*Après ce couplet la danse recommence, & est interrompue par le patron Partego.*)

PATRON PARTEGO.

E n'aoutrei sian ti lei pec planta de toute. Or vé, è per qué dansen pus coume lei aoutrei, aro que lou souleau es leva per tou lou moungo, lou chaplachoou, dèou jouga per toutei lei bon citouyen... Anen que tout goume, douyars danchoyo.

LE SOLDAT.

Il a raison la joie est la même dans tous les cœurs, elle doit être générale.

VAUDEVILLE.

Nous jouissons d'un bien suprême,
Et puisque nous pensons de même;
Mes amis chantons tous en cœur
La milice & le gouverneur,
Faisons éclater notre ivresse
Et que par des cris d'allegresse,
Tous les citoyens d'Avignon,
Célébrent la triple union.

LIGNOOU (*après le cœur.*)

Aco vai anima mea, gnia... proun... Vengue la danso Mademoisello Siei Piero se vouya me faire l'ounour de dansa un brou de regoudoun è me yeou, mettrian tou lou mounde en trin.

LA SIEI PIERO.

Lou vole ben moussu Lignoou, n'ai ren à vou refusa.

LIGNOOU.

Anen, anen tambourin qu'aco rounfle.

Il danse le rigaudon du pays ; après le rigaudon, les troupes sont plusieurs évolutions, & le spectacle finit par une contredanse générale.

FIN.

www.ingramcontent.com/pod-product-compliance
Lightning Source LLC
Chambersburg PA
CBHW061533170626
46811CB00004B/1937